名师教学 MINGSHI JIAOXUE

湖南美术出版社

姜浩 张超 编著

图书在版编目（CIP）数据

名师教学 / 姜浩，张超编著. —长沙：湖南美术
出版社，2010.7
ISBN 978-7-5356-3801-4

Ⅰ．①名… Ⅱ．①姜… ②张… Ⅲ．① 素描—技法
（美术）—高等学校—入学考试—自学参考资料②水粉画—
技法（美术）—高等学校—入学考试—自学参考资料③速写
—技法（美术）—高等学校—入学考试—自学参考资料
Ⅳ．①J21

中国版本图书馆 CIP 数据核字 (2010) 139240 号

名 师 教 学

编　　著：姜浩　张超

责任编辑：吴海恩

封面设计：赵锦杰

出版发行：湖南美术出版社
　　　　　　（长沙市东二环一段622号）

经　　销：湖南省新华书店

印　　刷：浙江中瑞印业有限公司
　　　　　　（杭州市西湖区三墩镇西园路1号）

开　　本：889 x 1194　1/16

印　　张：10

版　　次：2010年8月第1版
　　　　　　2010年8月第1次印刷

书　　号：ISBN 978-7-5356-3801-4

定　　价：68.00元

邮购联系：0731-84787105 邮　编：410016
网　　址：http://www.arts-press.com
电子邮箱：market@arts-press.com
如有倒装、破损、少页等印装质量问题，请与
印刷厂联系调换。联系电话：0571-88845626

姜 浩

毕业于广州美术学院
2005 年获广州美术学院镇泰奖学金一等奖
2006 年作品《无题》被大学城美术馆收藏
2007 年素描作品获广州美术学院第八届素描大展优秀奖
2008 年作品《老人》入选第五届国画展
2004 年从事美术教育至今
出版书籍:《第一教室 — 快速提高训练法·素描静物》
　　　　　《第一教室 — 快速提高训练法·色彩静物》
　　　　　《第一教室 — 快速提高训练法·素描头像、手》
　　　　　《经典全集》
　　　　　《名家系列 — 权威宝典》

张 超

毕业于广州美术学院
广东省装饰协会会员
2005 年作品《共鸣》留校
同年作品《油灯》被英国画商收藏
2007 年摄影作品《宠物BABY》获"昊源杯"摄影比赛第一名
2004 年从事美术教育至今
出版书籍:《第一教室 — 快速提高训练法·素描静物》
　　　　　《第一教室 — 快速提高训练法·色彩静物》
　　　　　《第一教室 — 快速提高训练法·素描头像、手》
　　　　　《经典全集》
　　　　　《名家系列 — 权威宝典》

目录 CONTENS

素描
静物

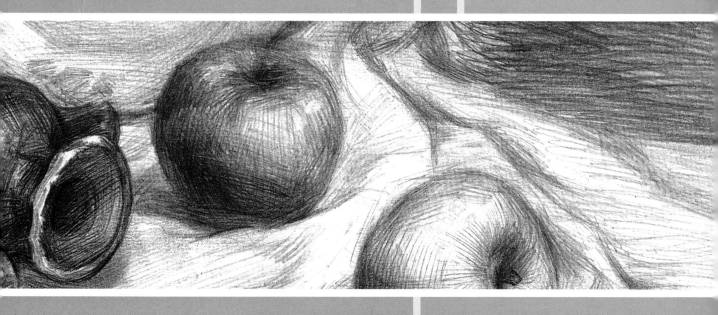

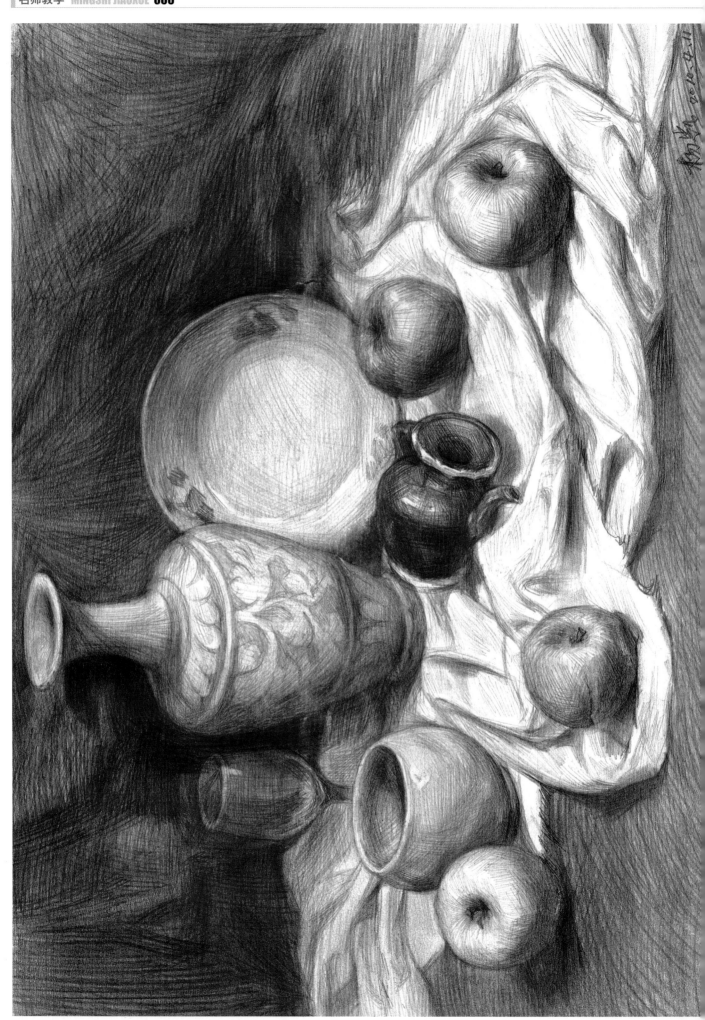

zhangchao
09.3.15

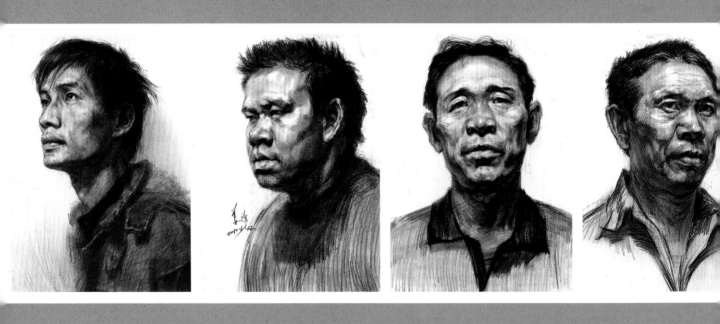

素描
头像

素描
手部 半身像

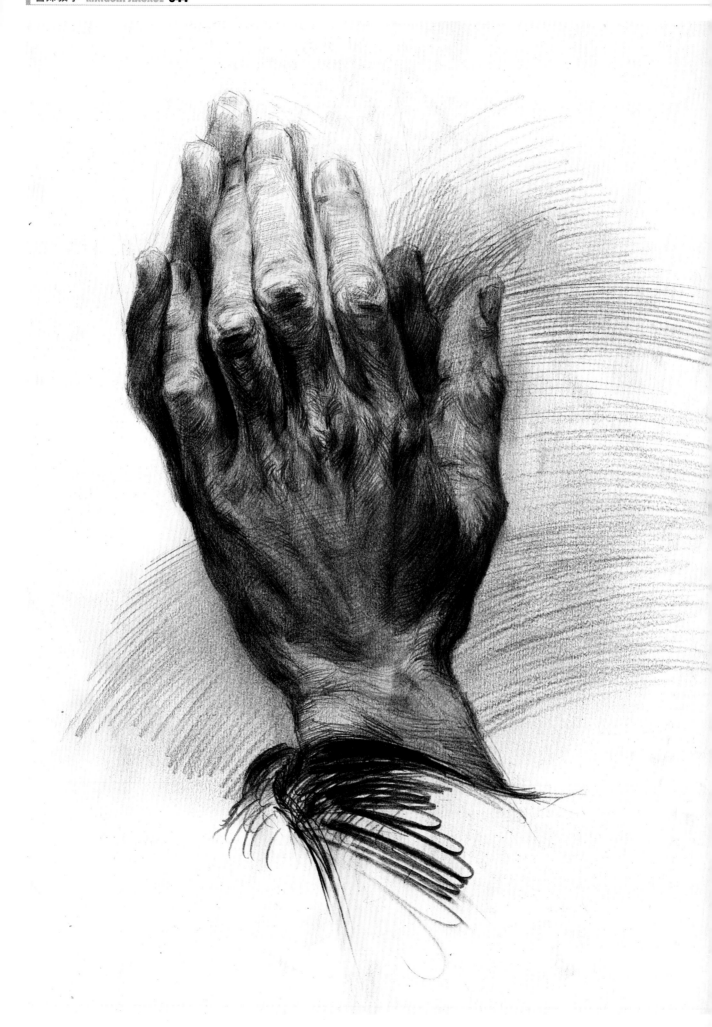

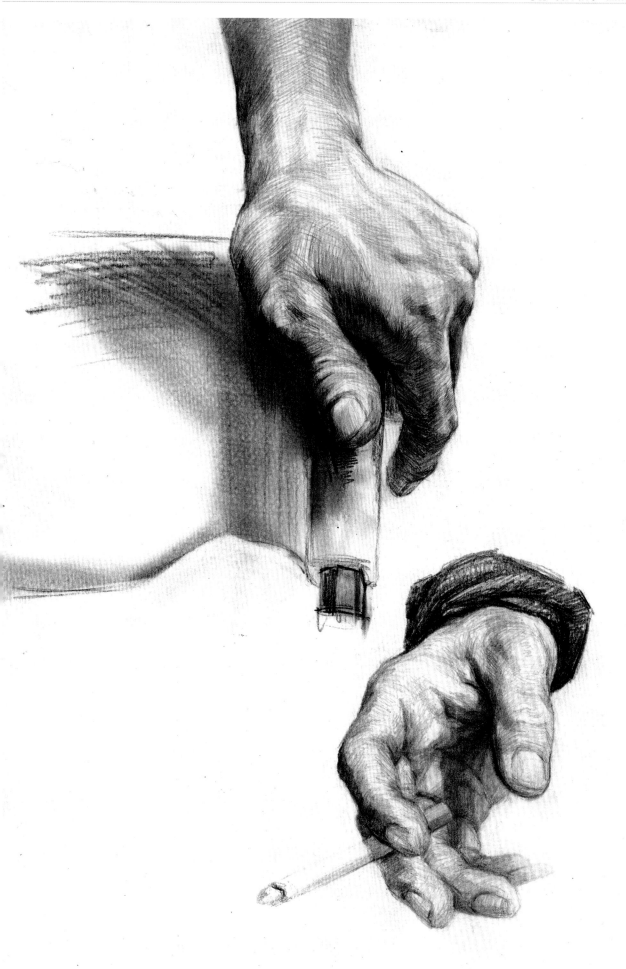

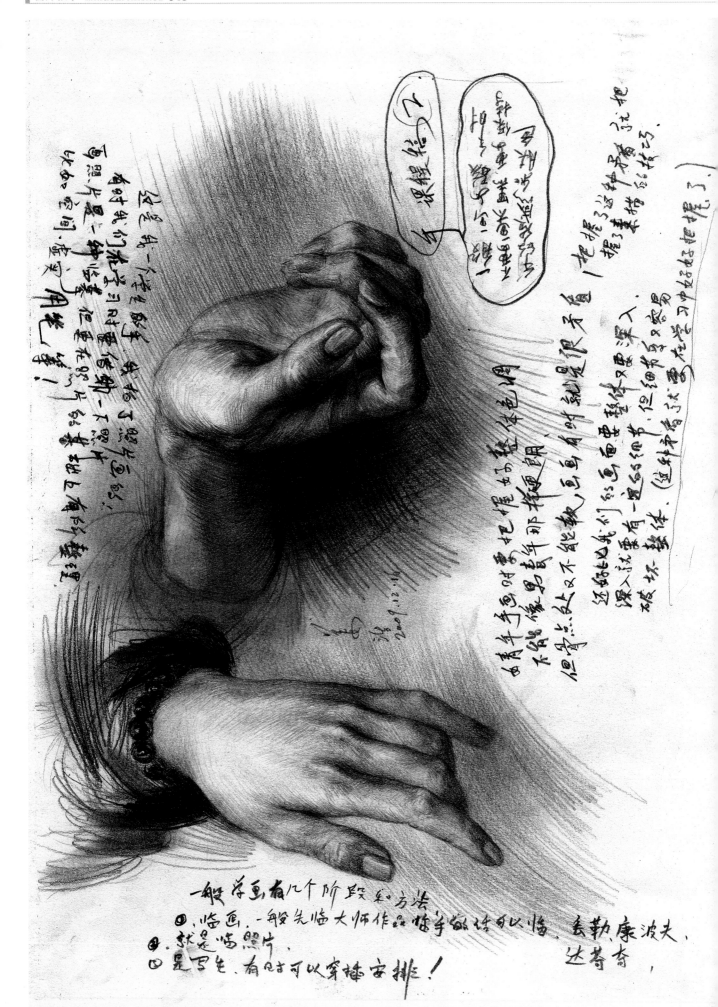

色彩 色彩
静物 头像

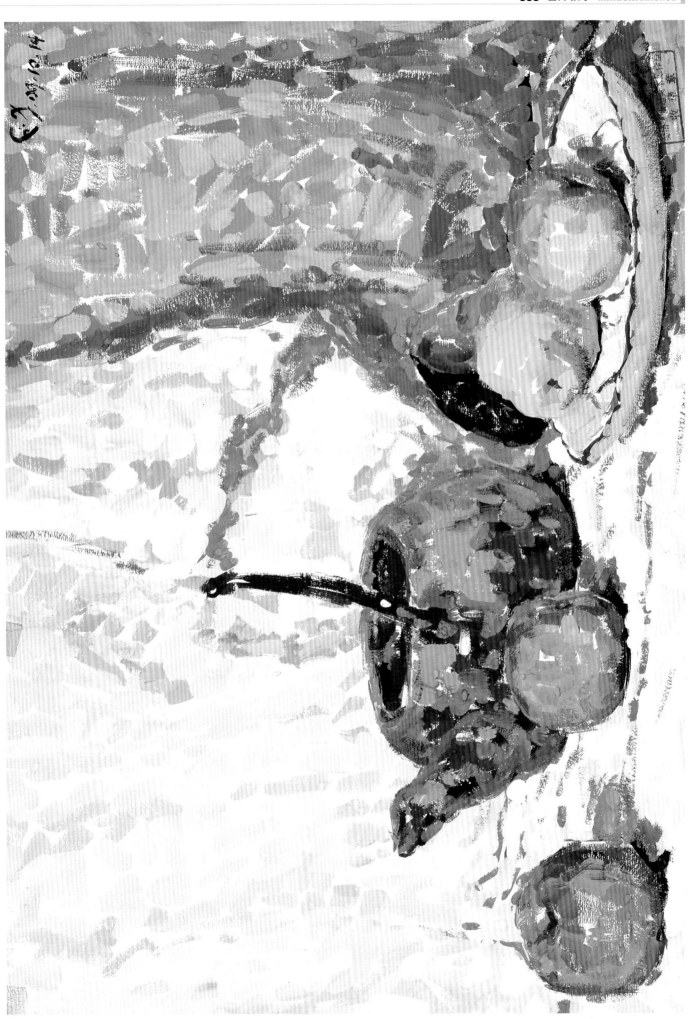

2009. 08. 15.

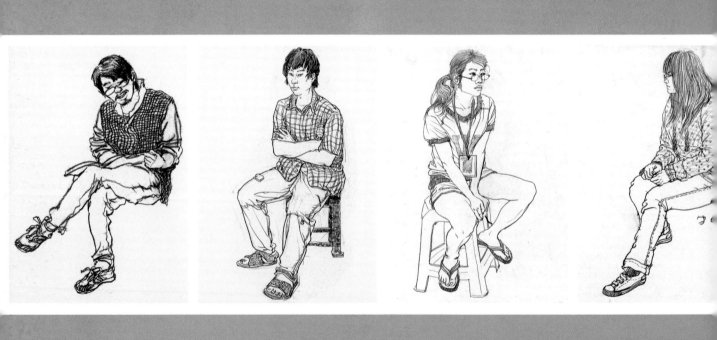

人物速写

线描组合人物用线前密
后疏，前面的人画得精
细一些，后面人物减弱
可用衣服上的装饰画
来区分人物前后空间
与疏密对比，尽量
用不同的图案。

才曼槭
09.10.14

线描用线要快、准，概括能力强，线与线之间要有联系。一条线的结尾是另一条的开始，这样画面比较连贯，笔断意不断。线描的粗细浓淡可以根据行笔快慢决定，在行笔快的结构上一般比较细淡，比如衣服贴肉的地方，线条稀疏的地方，线条比较粗浓的地方一般用在组织较密，结构主线，背光投影的地方。

线描用线的方与圆多用于表现骨点与区分衣服的质感。在骨点转折的地方用方线，画比较硬质的衣服用方线。古代十八描法是历代服饰的变化而衍生出来。

二00九年十月廿日

02.04.09
林国壮

黄纯杰

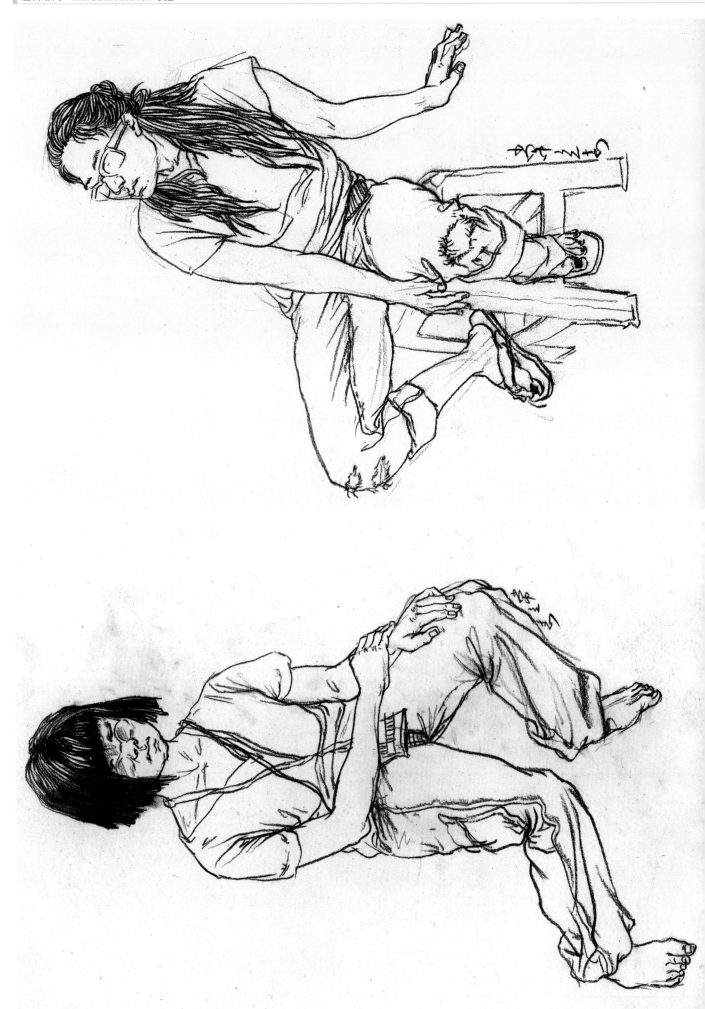

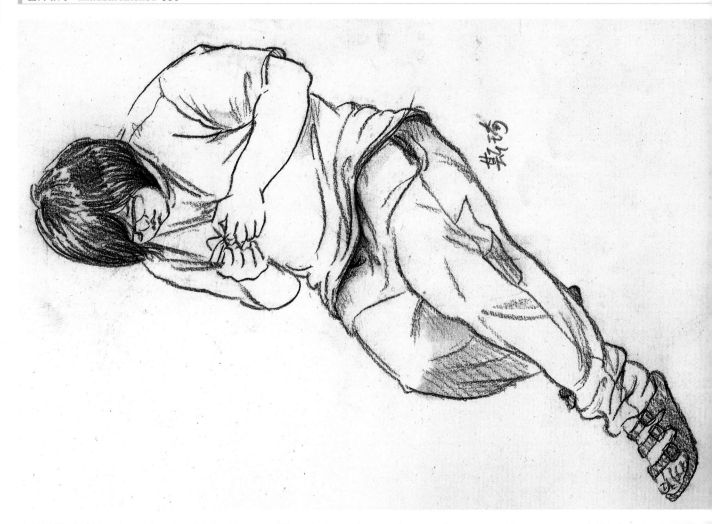

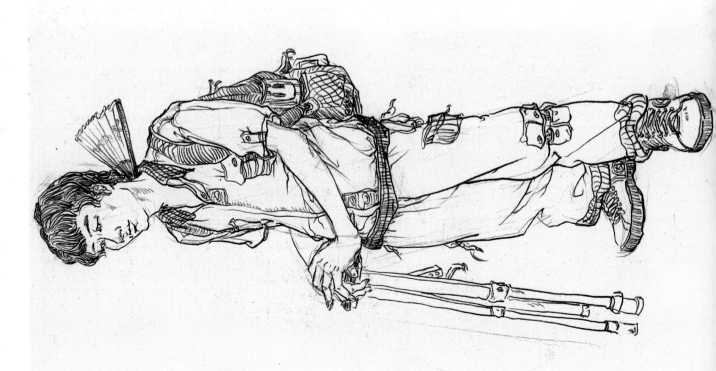

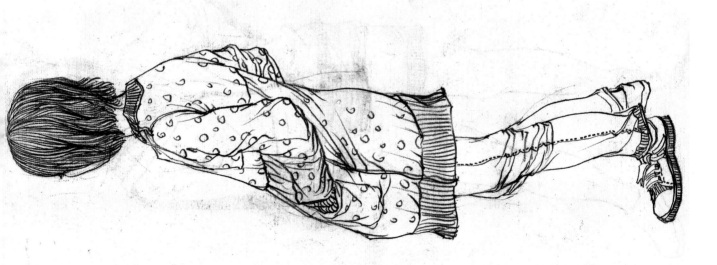

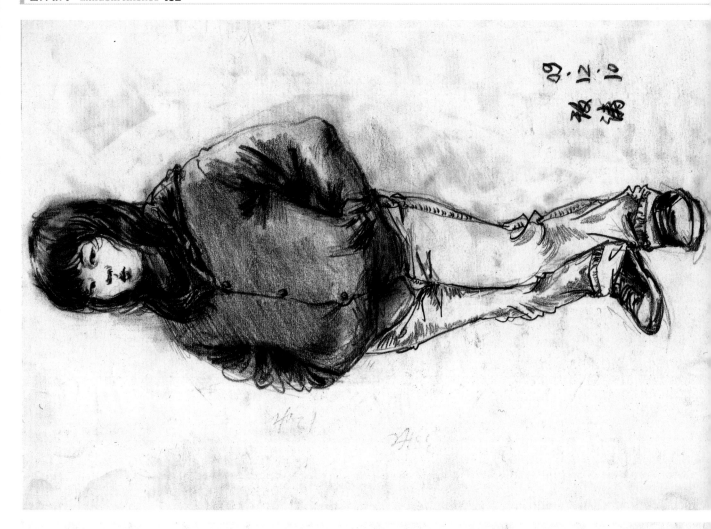